풀꽃처럼

시와소금 시인선 155

풀꽃처럼

ⓒ이향미, 2023. printed in Seoul, Korea

초판 1쇄 인쇄 2023년 04월 20일
초판 1쇄 발행 2023년 04월 25일
지은이 이향미
펴낸이 임세한
디자인 유재미 정지은

펴낸곳 시와소금
출판등록 2014년 1월 28일 제424호
발행처 강원 춘천시 충혼길20번길 4, 1층 (우-24436)
편집실 서울시 중구 퇴계로50길 43-7 (우-04618)
팩스겸용 (033)251-1195 / 휴대폰 010-5211-1195
이메일 sisogum@hanmail.net
ISBN 979-11-86550-6325-061-6   03810

값 12,000원

시와소금 시인선 · 155

풀꽃처럼

이향미
단시조집

시와소금

┃ 이향미

- 경북 청송 출생
- 1979년 월간 《새농민》 단편소설 공모 월(1월) 장원 「산새의 미련」
- 1980년(5월) 「배밭골의 사연」
- 1980년 KBS방송 공모 산문 대상
- 1985년 ㈜한농 단편소설 공모 대상 「뿌리는 흔들리지 않는다」
- 1986년 월간 《새농민》 단편소설 공모 대상 「아내의 미소」
- 1996년 월간 《한맥문학》 신인상 아동문학 동시 등단
- 1997년 계간 《시 · 시조 비평》 신인상 시조 등단
- 1999년 강원주부백일장 수필 장원
- 2011년 강원아동문학상 동시 부문 수상
- 한국문인협회 화천지부장 역임
- 동시집 「그물에 걸린 바람」
- 시조집 「들꽃처럼 살다」 1 · 2권 (공저) 출판
- 현재 한국문협, 강원문협, 강원시조, 달빛 시조, 강원아동문학,
  화천문협 회원 및 임원
- 화천도서관, 화천영상센터, 화천군 평생교육 시조교실 및 화천 관내
  초등학교 교실 출강

- 이메일 : supgrigo97@hanmail.net

한참을 별러 집 한 채 짓는다. 방을 여럿 들였다.

내 혼으로 빚은 내 새끼들에게 방 한 칸씩 마련해 주고 싶었다.

녀석들은 그동안 떠돌이별로, 더러는 냇가 돌맹이들처럼 새우잠을 자기도 했다.

눈치 빠한 녀석들이 보채지도 않고 참 무던했다.

기특한 녀석들.

그래, 이제 이 처마 밑에 우리 깃들어 다독다독 살자꾸나.

너 한 칸 나 한 칸 방에서 상처 난 곳 호호 불어주며 원 없이 사랑하며 살아보자. 눈물겹도록 말이다.

혹여, 지는 삶이 아픈 길손이 있으시거든 오셔 묵어가도 좋겠다. 만삭의 보름달로 와서 몸 풀고 가도 좋겠다. 한 이 삼일, 한 달도 좋겠고, 아예 눌러앉아 우리 함께 꽃밭이 되어도 좋겠다.

그렇게 사랑하다 죽어도 좋겠다. 아! 좋다.

2023년 봄 햇살 좋은 날에

| 차례 |

| 시인의 말 |

제1부 이밥꽃 엄마

제2부 나도바람꽃

제3부 며느리밥풀꽃

제4부 가을걷이

제5부 허허벌판

작품해설 | 박해림

제 **1** 부

이밥꽃 엄마

겨울

풀 벌레 꽃씨들도
잠이 든
깊은 밤에

풀씨도 곁에 누워
단잠에 빠져들고

팔베개
포근한 꿈속
먼데 봄도 설렌다.

싸락눈 그것은

골짜기 어드메뇨
배고픈
님 계신 곳

꽃인가요 쌀인가요
자꾸만 내리는 저

그리움
먼 뒤안길에
인정인 듯 쌓이는 거.

서리 아침

경고장 날아왔어
이제 그만
하라고

욕심에 눈이 먼
내 발목 잡으시네

내 좌판
다 엎으셨다,
강제 집행하신다.

흠집 사과

흠집을 발려 내고
꽃처럼
깎아낸다

산다고 애쓴 세월
고맙고 기특해서

휙 던져
버릴까 하니
왠지 너무 아십더라.

진달래를 말하다

집에서
부르는 나
또 다른 이름 참꽃

참말만 하라 시네
세상이 날 속여도

그대가
어리석다 해도
진실만을 말하려네.

노부부

오래된 세월 둘이
기대 걷네
가물 가물

값으론 못 매긴다
전생 웬수 업 닦으며

용케도
여까지 왔네
걸작이라 할만하다.

이밥꽃 엄마

큰 사발 미어지게
엄마가
퍼 주시던

생일날 흰 이밥을
진종일 나 먹었지

가난이
슬픈 엄마는
죽어 꽃이 되었다.

폭설

천지가 묵언 수행
말없음표
미어진다

왜 이리 간절할까
은밀히 저토록

지상은
그리운 당신
하늘님의 신부다.

망치질

망침이 아니외다
눈부신
부활이다

깨져서 거듭나는
박살이 보약이지

더 세게
내리쳐다오
인력으로 안 될 땐.

부끄러움을 가르치시네

하물며 미물들도
가야 할
때를 알아

제 몫의 영광조차
미련 없이 놓고 가는

깨달음
잠시라도 좋아
저무는 빈 들녘에서.

비움

생각에 도道가 트면
가난조차
정겹다

어디로 갔을까
삶의 내 무게는

나비가
된 것만 같아
가벼이 나 날 것 같아.

비누 미학美學

또 다른 예수다 넌
골고다
언덕에

날마다 널 매달고
내 허물 씻어 주다

그 몸 다
녹아내리는
그게 사는 의미라네.

잡초

하나님 글씨 맞다
당신의
낙관 찍어

흙에다 쓴 편지
꽃 되고 나물 되라

죽어도
뜯겨도 살아
약이 되란 뜻깊은.

물의 생각

하늘에 오르면서
곰곰이
생각했어

목마른 산과 들에
목숨이 될 거라고

잘했어
아주 잘했어,
비가 되어 내린 건.

내 아내

가난을 달게 받아
꽃 인양
가꾸더니

저 눈빛 강 언저리
백발이 성성하고

볼수록
왜 서러워진다,
엄마 같은 저 여자.

흰 머리를 빗으며

내 안에 누가 있어
바디질
하시는가

명주실 고운 것이
구구절절 돋아나고

꽃으론
말할 수 없는
말씀하고 계실까.

근황

생각에 터를 닦아
한 칸 집
들여놓고

구름인 듯 바람인 양
나도 날 모르는 체

채마밭
시詩 뿌려 가꾸며
살고 지고 살고 져.

노인

삶이란 전쟁터가
얼마나
하옵기에

팔다리 허리 어깨
성한 구석 없습니다

그래도
놓을 수 없는
저 욕심의 보따리.

답장 없는 슬픔

나이는 아흔 근처
생각은
여섯 꽃띠

없는 엄마 찾는 당신
뼛속까지 헤맨다

한 많은
대하소설이
속절없이 지고 있다.

제 **2** 부
나도바람꽃

어두워진다는 것

고운 이 깊어 가는
주름이
안 보인다

얼마나 다행이냐
갈등을 못 보는 눈

불편도
한편의 복이다,
행 불행이 한 몸이듯.

갱년기 증상

가난한 내 살림을
그가 눈치
챘나 봐

난방비 보태 시라
내 안에 불 때신다

꽃무늬
오랜 적삼이
정情에 흠뻑 젖는다.

치매가 아니야

들깨를 털다 말고
꽃 구경을
갔었어

저녁놀 하도 고와
나도 몰래 헤맸다

되돌아
오고 싶잖았어
그 여유가 좋아서.

이런 날도 있다

왜 이리 뿌듯하다
거울을
보는데

귀밑 머린 들꽃 같고
정수린 갈대 수풀

아니다
자작나무 숲이다
나이 미수 근처에서.

바람의 전설

너 어쩜 전생 그쯤
나 좋아
했었나 봐

혼자 좋아 지치다가
바람이 되었을까

푸른 밤
내 창가에서
헤매 도는 널 보며.

요즘 세상

마스크 끼고 보니
자세히
봐야 안다

정든 이 바라보듯
다정히 보라 시네

코로나
탓할 거 없다
꽃 보듯이 살라 시네.

목련

우체국 앞 마당에
가지마다
꽂아 둔

설레는 저 꽃 편지
한 편씩 서정시다

제목은
봄날 그리움
옛 생각도 꽃 된다.

토끼풀꽃

유월의 언덕마다
지천이던
반지꽃은

금반지 진주보다
예쁘고 더 고왔다

가난도
마냥 정겹던
때 안 묻은 그때는.

애틋하다

한 마리 벌레조차
막 내치지
못 하겠어

아득한 구비 구비
어찌 살아왔는지

까마득
곡예 같은 삶
버텨 온 게 기특해서.

누님

엄마가 실려 있다
다정이
병이 되어

죽어서도 눈 못 감을
찔레꽃 같은 여자

객지를
떠돌다 지친
내 혼을 껴안는 이.

나도바람꽃

내 반쪽 너를 따라
거기에
가 있는가

시시로 일심동체
깨달음 요원하다

나 또한
너도 바람꽃
왜 이리도 사무칠까.

복福

잡초를 뽑아내고
마당 좀
늘렸더니

하늘도 따라 늘어
별 구름 덤 생겼어

덤 받고
기분 좋은 거
이 또한 덤 아닌가.

내 이름을 생각하다

나 죽어 혼자 가면
넌 홀로
어떡하냐

천지에 하염없이
낙엽처럼 나부끼다

어쩌면
양지 언덕에 스며
풀꽃이나 됐으면.

녀석들

애기는 귀한 데도
애기똥풀
지천이야

넌 뭔가 아는 게야
시절의 쓸쓸함을

뽑아도
논 밭둑 귀에
켜켜로 와 앉는다.

노을

해 질녁 오늘 하늘
천연 염색
하나 봐

구름을 마름질해
주홍 보라 물들여

연분홍
꽃물에 적셔
곱게 곱게 널었다.

여뀌꽃 수繡를 놓다

나빈 듯 사뿐사뿐
숨소리도
나즉히

가만히 다가서면
참 고운 당신 당신

어디서
나 이리 고운 님
품어볼 수 있을까.

너도 꽃이다

흰 머리 다문 다문
꽃인 줄
나 알았어요

세월 가 흐드러진
꽃숲인가 했구요

늙으며
우리 꽃 될 줄
나도 미처 몰랐어요.

어느 봄날

언덕 베고 누운 햇살
한잠 달게
자고 나니

민들레 제비꽃이
품에 안겨 자더이다

팔베개
고운 봄날이
꿀맛같이 달더라.

애호박을 따며

씨 한 톨 묻어 놓고
들며 나며
보던 중에

날개가 나왔어
날갯짓하는 거 봐

어머나
알도 낳았어
호박이래 이름은.

제 **3** 부

며느리밥풀꽃

무우

버릴 거 하나 없네
머리부터
발끝까지

흙에서 흙으로 나
온전히 덕 뿐이야

도마 위
올라앉아도
마음 흩어지잖네.

담쟁이 너

외로운 곳에서는
뜨겁게
더 뜨겁게

가난도 보듬으면
꽃이 된다 아가야

황홀한
입맞춤으로
넘어서는 저 봐라.

미련 그거

불치병 맞습디다
다정多情이란
탈을 쓰고

채근담 법구경에
성경 열 독 펜다 해도

배추 속
같은 그리움
넘어설 길 없는 그.

허수아비 일기

황금들 풍년인데
왜 이리
쓸쓸하냐

허기진 놈들 쫓는
못 할 짓 하는 업을

내 평생
놓지 못하고
밥버러지 돼 사니.

시래기

기도를 했습니다
허송세월
아니 기를

처마 밑에 얼다 녹다
이런 생도 있는 거라

어렴풋
깨닫습니다
고생 또한 약 되는 거.

벌초를 하며

초야에 묻혀 그냥
맘 편케
사신다는

아버님의 소식을
올해도 듣습니다

한 칸 집
당신 뜰에서
삶이 훌쩍 큽니다.

까치밥

절벽 그 끝이라도
좋았어
너 때문에

허공 속 아! 저 고요
마지막 단 한 사람

목숨에
나 불 지피는
씨 한 톨로 남을래.

내 사는 법 거기

나에게 큰 스승은
저 먼데
있지 않다

책장에 가득한 책
수려한 말씀들도

석박사
그보다 높은
한 그루 저 나무다.

아! 들풀

처참히 베이고도
너는 한도
없다더냐

흩날린 살점에도
향기만 진동하니

죽으며
거듭나는 거
너는 이미 알았네.

대나무 숲에서

벨을 다 빼놓은 채
이래도
저래도 응

좋은 게 좋은 거지
마디 그 한마디도

하찮다
싫은 게 없다
비우고 산 저 세월.

팽이

이렇게 혼나면서
누군지
나 알겠어

아픔이 밥 되는
지으신 이 심오한 뜻

날 힘껏
내리쳐다오
내 사는 법 그러하니.

오월

하늘이 다 슬프다
뻑 뻐꾹
뻐꾹 뻐꾹

제 자식 남 줘 놓고
온 산이 애절하다

그렇게
아프다 지쳐
꽃 사태가 나는구나.

고야꽃 당신

고야꽃 뽀얀 살결
하늘이
아찔했죠

꽃 하나 나 하나에
어질고 착해지던

그 봄날
꿈이라도 난 좋아
당신 땜에 헤맨 거.

새로 쓰는 망초꽃

하찮아 시시해서
별 볼일
없던 이가

이쁜 구석 하나 없던
코 찔찔이 누이 같던

너 언제
꽃 되었더냐
온 들판이 환하다 얘.

빈집

아파서 꽃이 피고
밉다가
정이 드는

뼛속 일 넌 모른다
후박잎에 적어 논

저 봐라,
손바닥 편지
흐느낀다 바람도.

며느리밥풀꽃

한 품다 옹이 지면
꽃 되긴
참 글렀지

마음의 빗장 풀고
서로를 끌어안아

담금질
적막의 뒤란
헹궈 주고 있느니.

벚꽃 지다

허공에 찍는 낙관
꽃으로
꽃으로

얼마나 애절하면
죽으며 살아난다

다음 생
어느 하늘 가
미치도록 또 곱겠다.

억새의 가을

백발도
낭만이다
수묵화처럼 말야

마음 안에 서리 서리
나란 놈 놔 버리니

저절로
시가 되더라
그림 한 점 되더라.

찔레꽃

세상이 다 변해도
너는 늘
눈부시다

한 사람 맘에 두면
백옥처럼 고와지는

허물도
가난도 정겨워라,
가물가물 이 봄날.

제**4**부

가을걷이

풀꽃

키 작은 널 보려면
허리를
낮춰야 해

큰 절도 난 할 거야
나즈막히 내려앉아

충분히
절 받을 만해
꽃으로 산 네 세월.

낮달

간밤에 몰래 쌓은
만리장성
때문일까?

아직도 거기 맴맴
해 뜬지가 언젠데

다정에
서성이는 저
버선발을 어쩌누.

엄마

분꽃이 생각나죠
박꽃도
떠 오르고

아는 게 사랑 밖에
없어서 밉던 엄마

져 놓고
또 지기만 하던
가여워서 슬픈 이.

민들레가 사는 법

귀퉁이 나즈막히
꽃으로
오셨지요

천년의 빗장 풀고
가부좌 틀고 앉아

도 닦는
그댄 뉘 신가요?
고요한 저 이력서.

배추나비

한 마리 배추벌레
차원이
상승됐어

집도 절도 없던 몸이
배추밭에 얹혀 살다

경지를
넘어선 게야
저 날개를 좀 보렴.

호박꽃에게 미안

예쁘다 밉다 그건
철이 없어
내 하던 말

애호박 늙은 호박
같이 나이 먹다 보니

내세울
뭐 하나 없는
감히 내가 뭐라고….

곶감

살갗이 벗겨지고
속살이
드러난다

온몸 다 내놓고
매운 고초 달게 받는

꽃 인양
허공에 달린
너도 또한 예수다.

만취

참 하던 님께서도
술 드시니
별수 없어

술이 술 드시더니
술이 당신 드셨구려

이 일을
어쩌면 좋아
어디 갔수 당신은?

보름달

만삭이 되셨구랴
그 몸 엇다
푸시려오

세월은 견디는 것
어디서 만나질까

정녕 맘
둘 곳 없거든
내 방으로 오시구랴.

부디 부디

철없이 지즐대던
뼈 아픈
내 평생에

어리석게 피운 꽃
뉘 옹이로 남지 않게

어린 돌
그 하나에도
절을 하는 마음으로

동거

몇 년째 내 마당엔
잡초들
와서 산다

평생을 벌어 모아
장만한 내 집인데

녀석들
세 한 푼 안 내고
제집 인양 지낸다.

그리움에 관해

그림을 그리는 거
그대란
치마폭에

붓 들고 너의 생각
아득히 물감 풀어

칠하고
또 칠해도 왠지
한편 가슴 비는 거.

이 나이 즈음

죽도록 이라던가
미치게 라던지

못 잊음
못 견딤 등
이런 건 초월 했지

오래된
뼈 들은 이미
꽃이 되고 말았어.

이름 모를 풀꽃에게

어떻게 살았을까
이름도
성도 모를

가엾은 씨 한 톨로
천지를 떠돌다가

꽃으로
세월을 빚는
느낌표가 되었다.

이명

내 안에 달이 뜨고
풀벌레
노래한다

각설이도 와서 논다
날마다 잔치 마당

이보게
다 내려놓고
놀다 놀다 가자 하네.

가을걷이

탯줄을 걷어 낸다
어린 것
젖 물리던

노을도 꽃이 되고
땅거미도 꽃 되는

한 생애
뿌듯했던 그
흔적마저 지우라.

가을 논에서

스승을 알현하고
득도를
생각한다

언성 높일 필요 없다
고개 숙인 저 고요

어떻게
그리워하면
저 근처나 가 볼까.

가을 낙엽

편지가 쌓이누나
주인 없는
빈집에도

가을볕에 따끈 따끈
그리움 도지는데

짝사랑
편지 쓰는 이
누구일까, 그이는.

솔숲에서

비단길 꽃길인들
어디 이만
할까 싶어

머리카락 빗어 삼은
오솔길 걷노라면

아! 정말
이런 호사를
나, 누려도 되나 싶어.

제 **5** 부

허허벌판

별일이야

아들이 소개하는
며느리 깜
보러 간다

아내와 손잡으니
마음귀 맞춰지네

평생에
잘 안 맞던 귀
얄궂게도 딱 맞네.

정말 그래

미수가 낼 모렌데
소녀 감상
도진다

백발도 꽃이라며
삶이 자꾸 보챈다

흰 눈이
저리 쌓여도
봄이 실려 있다고.

여백

나하고 마주 앉아
차 한 잔
마신다

다독 다독 우리 서로
거울 앞에 앉듯이

상처 난
마음 살뜰히
나를 기워 입는다.

부부라는 공식

너는 내 거울이고
난 너의
거울이고

널 보며 나를 닦는
가깝고도 머나먼 도道

되돌릴
길 없는 지경
이르러서 깨닫는.

햇빛 쬐기

열 일 다 제쳐 두고
연애에
빠졌어, 나

따스한 그 품 안에
그지없이 스며들어

도지는
바람 더불어
가뭇없이 녹아든다.

가랑잎 소묘

부고장 날아든다
못 잊을
이름 되어

죽도록 살아 냈던
사랑도 저물고

어떡해
도무지 알 수 없는
아득한 저 너머를.

호상

아흔 살 할머니가
돌아가셔
호상이래

며느리 아들 손주
우는 이 하나 없어

앞뒤 논
개구리들이
대신 곡을 합니다.

낙엽

환생한 그리움이
발밑에
수북하다

삶이란 업 마치고
돌아 돌아 집 가는 길

저세상
어디쯤에서
우리 다시 만날까.

깜빡깜빡

내 그를 미워하다
금세 잊어
버렸어

요번엔 이길 거야
돌아서다 까먹었네

내 안에
지우개 하나
선물처럼 왔나 봐.

할머니 이마

더러는 사무치는
조붓한
밭이지요

뉘 오셔 아쉬운
고랑을 켰을까요

가르마
고운 길 걸어 걸어
참 멀리도 왔습니다.

허허벌판

곡식 다 거둬들인
벌판이
허허 웃네

어깨가 가볍다며
홀가분하다면서

두 다리
쭈욱 뻗고서
깊은 잠에 드시네.

세월

그토록 안 잊히던
이름도
지우더라

잊히면 눈물이 날
그리움 그조차도

매정히
데려가더라
가뭇없어지더라.

밤[夜] 사용법

낮일은 지우시게
삶이 그댈
속이던

생각도 불 끄시고
까마득 잠드시게

시름도
다 맞기 시게
지우개로 쓰시게.

저녁 무렵

뉘 신가, 습관처럼
문 열고
나가 보니

어둠이 오셨구랴
올 이는 아니 오고

도로 와
읽던 책 펴니
외로움이 와 앉네.

치매 엄마

이승과 멀어지고
삶이 가물거려도

또렷이 다가오는
뜨거운 이름 하나

어머니
세 살 애 되어
엄마 엄마 찾는다.

詩라는 너

아픈데 버거운데
내 던지지
못했어

빼도 박도 못한다는
그런 말 너 들어 봤지?

상 등신
그래도 좋아
뼛속으로 들어 온 너.

문학의 도道

너에게 빙의 되어
주 야로
앓던 그 병

차라리 작두 타고
혼절을 할지라도

죽어도
버리지 못할 넌
내 사람이 되었어.

선인장

온몸에 바늘 꽂고
미동도
없는 저 이

뭔 업이 저리 커서
저 고통 달게 받나

깊고도
아득하여라
범접할 길 없는 그.

풀꽃과 연민, 그리움이 빚어낸
서정의 노래

박 해 림
(시인 · 문학박사)

풀꽃과 연민, 그리움이 빚어낸
서정의 노래

박 해 림
(시인 · 문학박사)

1. 연민과 생명 인식

이향미 시인의 작품은 따뜻하다. 그가 즐겨 펼쳐 낸 서정적
세계가 매우 여리면서도 동시에 꼭 그렇지만 않다는 것도 보여
준다. 시 편 편 숨겨놓은 여린 듯 강한 시어가 그렇고 그 이면
에 놓인 단단한 서정의 세계가 그렇다. 현실과 맞닥뜨린 '나와
너'의 대상이 환기하는 공간에서 미적 감동을 일으키는 시인의

강한 의지를 엿볼 수 있어서이다. 가령 소통을 위해 대상에게 선뜻 망설임 없이 먼저 다가간다든가, 대상이 먼저 다가올 때도 뒷걸음질 치기는커녕 정면으로 마주하거나 한 발 더 가까이 다가가는 적극적인 자세를 취하는 것도 그러하다. 한편으로는 직설적으로 접근하는 모습을 보이기도 한다. 때로는 한 발 떨어져서 보듬는 행동도 마다하지 않는다. 일상이 빚어내는 이러한 비슷하면서도 다른 반복적 행위는 시인의 내면으로 깊숙이 스며들어 오히려 시인만의 개성적인 서정의 결을 만들어낸다는 것을 알 수 있다. 그것은 대체로 삶의 터전과 생명이 갖는 현장성을 가감 없이, 아무런 치장 없이 있는 그대로 펼쳐진 한 권의 책일 것이라는 강한 느낌과 특징을 갖게 한다. 작품 곳곳에서 발현하는 작은 온기와 하염없이 여리면서도 그 이면을 구성하는 단단함이라는 것을 일면 보여주고 싶기 때문이다. 작품을 통해 만난 '나'와 '너'의 세계가 대표적으로 파악된다. 그의 시 전편에서 드러난 시적 배경과 그가 일구어낸 일상과 주변적 삶의 현장성 역시 그러하다. 단단하고도 순연한 이미지를 구현하면서 잘 빚어낸 서정적 발화 양식을 통해 시인이 이 시집을 통해 보여 주고자 하는 것이 무엇인지 단번에 알 수 있게 한다.

들깨를 털다 말고
꽃 구경을
갔었어
저녁놀 하도 고와
나도 몰래 헤맸다
되돌아
오고 싶잖았어
그 여유가 좋아서.

— 「치매가 아니야」 전문

한 마리 벌레조차
막 내치지
못하겠어
아득한 구비 구비
어찌 살아왔는지
까마득
곡예 같은 삶
버텨 온 게 기특해서.

— 「애틋하다」 전문

잡초를 뽑아내고

마당 좀

늘렸더니

하늘도 따라 늘어

별 구름 덤 생겼어

덤 받고

기분 좋은 거

이 또한 덤 아닌가.

— 「복福」 전문

　일상을 산다는 건 앞만 보고 달리는 데 있지 않다. 주어진 할 일을 제때 해낸다는 것이다. 제때 해내어야 한다는 것은 누구에게나 있어 첫 번째 과제이다. 그것이 무슨 일이 되었든 할 수밖에 없다. 그러므로 열심히 몰두하고 또 몰두한다. 그래야만 하는 것이다. 그런데 이 무슨 사단인가. 하던 일을 내팽개칠 수밖에 없는 사건과 맞닥뜨리게 된다. 그 사건의 주범은 '저녁놀'이다. 문득 어느새 일과의 끝 지점에 서 있는 자신을 발견하는 것도 동시에 이루어진다. 서녘 하늘을 활활 타오르게 물들인 '저녁놀 하도 고와' 발이 얼어붙는가 했는데 '저녁놀'은 한순간 시인을 얼어붙게 만들어버린다. 하던 일손을 탁 놓아버리게 한다. '저녁놀'이라는 유혹의 산물은 시인의 모든 행위를 한쪽으로 이동하게 한 것이다. 시인은 그 '저녁놀'과 눈이 마주친 순간 발이 얼어붙고 마음이 얼어붙을 수밖에 없다. 하던 일은 냅다 던져버릴 수밖에 없다. '들깨를 털다말고/ 꽃 구경을 갔어'라는 고백은 일을 밀어내게 한 강한 충동의 소산물이다. '저녁놀 하도 고와/ 나도 몰래 헤맸다'는 것의 반증이다. 여기서 재미있는 것은 시인 스스로 '치매가 아니야'라는 부정의 강한 반격을 하고 있다는 점이다. 누군가를, 타자를 의식한 발로라고 여기질 법한 제목이라는 것을 알 수 있다. 엉뚱하고도 재미있는 상상이 전제된 제목임은 틀림없다. 한편으로는 시 「애틋하다」에서 시인은 '한 마리 벌레조차/ 막 내치지/ 못 하겠어'라고 고백하면서 '아득한 구비 구비/ 어찌 살아왔는지'라는 연민의 시선을 보내고 있다. 그것은 자아 재발견이라는 자아동일화, 즉 자아동일성의 상황임을 확인한다. 아마도 시인은 평소에 '벌레', 즉 아무 보잘것없는 미물에 불과한 작고 미미한 생명에 대한 연민이 가득했을 것이라는 짐작을 할 수 있다. 가까이 다가가야 비로소 보이는 작은 벌레의 존재. 그것은 눈여겨보는 것조차 별 가치가 없다고 생각할 정도의 하위 생명체라는 것을 모르는 바가 아닐 것이나 시인은 전혀 새롭게 다가간다. '나'와 '너'의 '생명'에서 극대화한 것이다. 벌레가 살아가는 과정

또한 '까마득/ 곡예 같은 삶'으로 받아들인 것이다. 시 「복福」의 '잡초를 뽑아내고/ 마당 좀/ 늘렸더니/ 하늘도 따라 늘어/ 별 구름 덤 생겼어'라는 부분에서 시인의 성정을 확인한다. 아주 작은 생명과 그 생명이 걸어간 지난한 삶의 여정에서 '잡초를 뽑아내고 마당' 조금 늘림으로써 '하늘과 별, 구름'이 덤으로 생겨 행복해한다는 것이다. 시인에게 있어 복福은 특별하지 않다. 앞을 가리는 것을 조금만 정리해도 얼마든지 가까이 둘 수 있는 것으로 인식하고 있다.

2. 외로움과 성찰 '나' 마주보기

나 죽어 혼자 가면
넌 홀로
어떡하냐
천지에 하염없이
낙엽처럼 나부끼다
어쩌면
양지 언덕에 스며
풀꽃이나 됐으면.

— 「내 이름을 생각하다」 전문

흰 머리 다문 다문

꽃인 줄

나 알았어요

세월 가 흐드러진

꽃숲인가 했구요

늙으며

우리 꽃 될 줄

나도 미처 몰랐어요.

— 「너도 꽃이다」 전문

외로운 곳에서는

뜨겁게

더 뜨겁게

가난도 보듬으면

꽃이 된다 아가야

황홀한

입맞춤으로

넘어서는 저 봐라.

— 「담쟁이 너」 전문

시인은 이제 자신과 정면으로 마주한다. '나'를 사이에 두고 또 다른 자아와 마주한 것이다. 그것은 의도적이기보다 자연스러운 발로에서 비롯되었음을 보여 준다. '풀꽃'이라는 대상을 전제로 한 세계가 시인을 중심으로 너무나 친근하게 펼쳐졌기 때문이다. 이 세계에서 팽팽하게 견주어진 삶과 죽음이란 어쩌면 그다지 큰 것은 아닐 거라고 여기는 듯하다. 그뿐만 아니다. 종교에 귀의한 사람에게서 느낄 법한 초월성마저 느끼게 한다. '나 죽어 혼자 가면/ 넌 홀로/ 어떡하냐' 하고 대상을 걱정하는 동시에 '나'와 '너'의 삶과 죽음이라는 초월적 간극을 단숨에 허물어버린다. 그러나 다음 순간 서정적 자아는 대상보다 자신에게 집중한다. '나'의 죽음에 더 비중을 두고 있기 때문이다. 타자를 걱정하면서도 온전히 '나'의 존재에 천착하는 것이 그렇다. '나'가 떠나고 나면 남은 '너'는 내가 어떻게 해 줄 수 없는 타자로만 남을 것을 암시하면서도 그것은 어찌할 수 없음 말한다. 그것은 '천지에 하염없이/ 낙엽처럼 나부끼다/ 어쩌면/ 양지 언덕에 스며/ 풀꽃이나 됐으면' 하고 소망하는 것에서도 엿볼 수 있다. 생과 사를 초월한 듯하지만 '소망'이 전제됨으로써 삶에의 강한 애착과 미련에 발목이 붙들려 있다는 것이다. '천지', '낙엽', '양지 언덕', '풀꽃'이 주는 의미에서 아직 이 땅에 무엇으로든 살아남아서 살아 있는 '너'와 소통하고 싶다는 의지를 보여 준다. 이름 따위는 아무래도 좋다. 시인은 타자를 걱정하면서도 정작 '너'를 떠난, 그래서 '너'를 만날 수 없는 '나'를 연민하고 걱정하는 것으로 짐작하게 한다. 제목 「내 이름을 생각하다」에서 확인할 수 있듯 이 세상의 삶을 누린 존재에 대한 깊은 천착과 자기 자신으로부터 소외되고 싶지 않은 간절함을 드러낸다.

시 「너도 꽃이다」에서의 자아는 살아 있는 자만이 누리는 환희를 보여 준다. '흰 머리 다문 다문/ 꽃인 줄/ 나 알았어요'에서 나이 들어 늙어버린 '나'와 '너'의 모습을 '꽃'으로 치환한다. 그러면서 시인은 나이 듦을 아무렇지 않게, 지극히 자연스럽게 받아들이는 긍정의 모습을 내보이나 한편으로는 매우 낯설어하고 있다는 것도 은연중에 내비친다. 흰 머리가 꽃일 리가 없다. 그러나 '흰 머리가 꽃인 줄' 알았다는 도입부에서부터 전제된 시간과 자아와 소멸의 함수를 '꽃'이라는 화려하고 도도한 생명성을 가진 대상으로 삼은 것과 한편으로는 능청스럽게 '늙으며/ 우리 꽃 될 줄/ 나도 미처 몰랐어요.'라고 시선을 확장하고 있다. 반어적인 동시에 긍정의 의지가 강한 시인의 생명 의식을 엿볼 수 있는 대목이다.

「담쟁이 너」, 역시 '꽃'을 말하고 있다. 그러나 사실 온통 시인을 사로잡고 있는 것은 '생명'이다. '꽃'을 말하고 있지만 여전히 '살아있음'을 말하고 싶은 것이다. 더 나아가 여전히 '살아 있어야' 한다는 것을 말하고 싶은 것이다. 담쟁이꽃은 직립하여 위로 향하는 꽃이 아니다 담벼락을 기어오르는 성질을 가졌다. 어디든 기대어야만 살아갈 수 있는 꽃이다. 그러니 기대면서 껴안는 삶, 그 자체가 주체적 직립의 삶을 사는 것이다. '외로운 곳에서는/ 뜨겁게/ 더 뜨겁게/ 가난도 보듬으면/ 꽃이 된다'는 것을 시인은 알고 있다. 담쟁이가 벽을 끌어안을 때처럼 기대는 것이 곧 껴안는 것이며 '나'와 '너'의 뜨거운 삶의 동반자가 될 수 있음을 보여 주기 때문이다. 그러므로 '황홀한/ 입맞춤으로' 함께 마주하며 삶을 끌어안는 방식의 능동적인 삶을 추구한다는 것을 확인할 수 있다.

하나님 글씨 맞다

당신의

낙관 찍어

흙에다 쓴 편지

꽃 되고 나물 되라

죽어도

뜯겨도 살아

약이 되란 뜻깊은.

— 「잡초」 전문

내 안에 누가 있어

바디질

하시는가

명주실 고운 것이

구구절절 돋아나고

꽃으론

말할 수 없는

말씀하고 계실까

— 「흰 머리를 빗으며」 전문

생각에 터를 닦아

한 칸 집

들여놓고

구름인 듯 바람인 양

나도 날 모르는 체

채마밭

시詩 뿌려 가꾸며

살고 지고 살고 져.

— 「근황」 전문

이제 시인은 시선은 어느 한 곳에만 머물지 않는다. 그는 진작 '하나님 글씨 맞다/ 당신의/ 낙관 찍어/ 흙에다 쓴 편지'를 들여다보고 있다. 삶을 떠받치는 기운, 생명의 근원을 잉태한 '흙'에 주목한다. 이 모든 것은 저절로 이루어진 것이 아니라는 것을 보여 주고 싶은 것이다. '꽃 되고 나물 되라/ 죽어도/ 뜯겨도 살아/ 약이 되란 뜻깊은.'(「잡초」 전문)에서도 확인할 수 있듯이 생명에의 강한 의지를 드러내 보인다. 지상의 생명은 모두 '하나님'에게서 왔다는 것을 재확인하는 것이다. '흙'이라는 토양에 뿌려진 강인한 생명은 하나하나 뜻깊다. 저 혼자 피어난 것이 아니다. 모두 하나같이 하늘에서 정해준 대로 온 것이라는 것을 받아들이는 순간 긍정의 삶으로 치환한다. 지극히 작은 존재 '꽃'과 '나물'이라는 생명이라는 것을 받아들이는 순간 시인의 세계는 더욱 단단해진다. 아름다운 시, '내 안에 누가 있어/ 바디질/ 하시는가/ 명주실 고운 것이/ 구구절절 돌아나고/ 꽃으론/ 말할 수 없는/ 말씀하고 계실까'에서 보듯 꽃이 사람이고 사람이 꽃일 수밖에 없다. 그것은 오랜 연륜의 '흰 머리 다문 다문/ 꽃인 줄/ 나 알았어요'의 「너도 꽃이다」와 「흰 머리를 빗으며」에서 완성된다. 작품 「근황」에서는 현재 시인의 삶의 지향성이 '나'와 마주하는 '나'에 있다는 것을 알 수 있다. '생각에 터를 닦아/ 한 칸 집/ 들여 놓'은 후 무거운 것 잡다한 것 모두 내려놓은 채 '구름인 듯 바람인 양/ 나도 날 모르는 체' 전혀 다른 삶인 듯 새로운 삶을 살고자 한다. 이전의 것과 이후의 것은 전혀 다른 것 같아도 그 지향하는 바는 다르지 않을 것이다. 또 다른 '나'를 찾아가는 길은 이전의, 잃어버렸을지도 모를 원래의 나를 찾기 위함은 아닐까. 그 길은 '채마밭/ 시詩 뿌려 가꾸며/ 살고 지고 살고 져.'라고 소망으로 드러난다.

3. 연민과 받아들임 그리고 '나' 돌아보기

우리의 일상은 어쩌면 지극히 당연하게 늘 자신에게 주어진 상황에 맞게 살아가게 되어 있다고 은연중에 믿고 있는 것은 아닐까. 삶은 수시로 갈등적 요소를 해결하고 그 일부를 어쩔 수 없이 받아들이면서 살아가는 것이라는 것을 가끔 잊는다. 너무나 익숙한 삶의 방식은 사실 그냥 얻어지는 것이 아니라 주어진 상황에 맞게 끊임없이 노력하고 애를 써야 어느 정도 이겨낼 수 있다는 것을. 시인은 고립된, 상처 난 자아를 돌보기 위해 온몸으로 하는 '기도'를 통해서 보여 주고자 한다. 잘 살기 위해서는 무엇이든 애를 쓰지 않으면 안 되는 것이라는 절실하게 보여 준다. 시인은 주어진 삶을 잘 살아내기 위해 끊임없이 자신을 돌아보는 것도 잊지 않는다. 때로는 정면으로

마주하며 앞으로 달리고 때로는 삶의 주변부를 둘러싼 질기디
질긴 보잘것없는 작은 생명을 통해 부정과 긍정의 삶의 방식을
얻어낸다.

기도를 했습니다

허송세월

아니기를

처마 밑에 얼다 녹다

이런 생도 있는 거라

어렴풋

깨닫습니다

고생 또한 약 되는 거

— 「시래기」 전문

처참히 베이고도

너는 한도

없다더냐

흩날린 살점에도

향기만 진동하니

죽으며

거듭나는 거

너는 이미 알았네.

— 「아! 들풀」 전문

고야꽃 뽀얀 살결

하늘이

아찔했죠

꽃 하나 나 하나에

어질고 착해지던

그 봄날

꿈이라도 난 좋아

당신 땜에 헤맨 거

— 「고야꽃 당신」 전문

　위의 시 「시래기」는 삶을 바라보는 시인의 눈빛에 주목하게
한다. 시래기는 가을철 김장할 배추의 남은 겉 부분을 줄에 잘
꿰어 바람 잘 드는 곳에서 말려두면 겨울철 우리의 훌륭한 양

식이 된다. 그 시래기는 햇빛에 바람에 때론 눈바람에 저 혼자 젖었다가 말랐다가를 수도 없이 반복한 이후에야 그 본래의 존재 가치를 갖는다. 우리의 먹을거리를 제공하는 삶에서 너무나 익숙한 시래기의 존재는 일면 아주 작은 가치를 갖는다. 그러나 시인은 그렇게 여기지 않는다. 다른 어떤 먹을거리보다 독특한 과정을 가지고 있기 때문이다. 그것은 지극히 자연스럽고도 당연한 과정, 시간 안에서의 수도 없는 지난한 탈바꿈의 과정이 만들어낸 것임으로 단순한 먹을거리라는 것으로만 여기고 싶지 않은 것이다. 당연히 그 과정이 순탄치 않다는 것에 주목했기 때문이다. 시인은 시래기를 아주 잘 알고 있다. 그 시래기처럼 사람도 '허송세월' 하지 않으려면 저리해야 하리라는 것을 보여 주고 싶은 것이다. 잘 살기 위해서는 수도 없는 탈바꿈이 있어야만 한다는 것을. 그러므로 시래기가 만들어낸 '기도'는 사실 시인의 간절한 염원일 것이다. '처마 밑에 얼다 녹다/ 이런 생도 있는 거라'는 것에 햇빛과 바람과 겨울의 냉기를 이겨내기를 수도 없이 반복해야만 완성되는 삶의 지향점이, 그 누구보다도 간절한 염원이 자신에게 향해 있음을 말하고 싶은 것이다. '시래기'라는 이름을 얻고 시래기를 존재할 수 있음을 시인은 '고생 또한 약 되는 거'라고 일침을 가하면서.

'처참히 베이고도/ 너는 한도/ 없다더냐/ 흩날린 살점에도/ 향기만 진동하니/ 죽으며/ 거듭나는 거/ 너는 이미 알았네.'

(「아! 들풀」 전문)에서는 세상을 바라보는 시인의 시선이 매우 긍정적이라는 것을 알 수 있다. 풀을 베어낼 때 나는 풀냄새는 지독하다. 그러나 시인은 그 냄새를 '향기'로 바꾸어 놓는다. 꽃냄새가 아닌 풀냄새니 향기로울 수 없다. 그것도 독성이 아주 강한 풀냄새다. 시인의 시선은 여기쯤에서 생과 사의 경계를 깊이 들여다보고 있다. '처참히'와 '흩날린 살점'이라는 매우 부정적이고 끔찍한 표현을 통해서 다시 긍정의 의미를 이끌어 낸다. 죽어야만 다시 사는, '죽으며/ 거듭나는'는 생명이 있음에 주목하고 있다. 그것도 사람보다 들풀이 먼저 깨달았음을 시인은 뒤늦게 깨닫고 있다는 것이다. 존재 그 자체만으로도 가치를 지니지만 그 가치를 통해 이차 삼차 그 너머를 인식하는 시인은 아마도 지극히 자연스러운 삶의 순환과정을 예사로 보아 넘기지 않는 옹골진 눈을 가진 것이 틀림없다.

시인의 눈은 이제 생명의 환희를 향해 시선을 확장하고 있다. '고야꽃 뽀얀 살결/ 하늘이/ 아찔했죠'하며 아름다운 생명이 가진 화려한 외적인 삶의 풍경을 펼쳐놓고 있다. 봄날이면 하얗고 작은 꽃잎을 피우는 고야꽃은 주로 강원도 중북부 이상의 곳에서 생장하는 고야나무에서 꽃을 활짝 피운다. 시인이 바라보는 고야꽃은 예사로운 고야꽃이 아니다. 하얀 '고야꽃 뽀얀 살결/ 하늘이/ 아찔했죠' 하는 시인의 환희는 고난과 희생과 시련의 시간을 이겨낸 그 꽃이기 때문이다. 단순히

아름답기만 한 꽃이라기보다 작고 여문 꽃망울이 피워낸 하얀 결정체가 예사롭지 않음을 시인은 안다. 그것은 시인이 그간 최선을 다해 살아온 궤적을 돌아보는 것일 수도 있고 자신의 현재적 삶과 크고 작은 상채기나 성취, 그리움과 여전히 미적이고 있는 그 어떤, 말을 하지 못한, 말이 되지 못한 감정의 산물일 수 있다.

4. 꽃씨와 서정의 향기

이향미 시인의 아름다운 시편은 대체로 작품을 펼칠 때마다 탁탁 꽃씨처럼 발아하는 특징을 갖고 있다. 단시조가 갖는 특성 중 하나일 수 있지만 그가 펼친 서정의 향은 그것을 넘어선다. 대상에 대해 유난히 연민이 많은 것도 그렇고, 대상이 가진 특성 하나하나에 깊은 시선으로 설득력 있는 이야기를 펼친 것도 그렇다. 그것은 남다른 감성과 연민을 타고난 시인만이 가진 큰 강점이라고 보여진다. 시인이 현실과 이상을 넘나들면서도 힘들이지 않게 대상을 통해 대체로 얻어낸 수확은 독자로부터 얻어질 큰 공감력이라고 생각한다. 대상을 있는 그대로 내 안으로 들여와서는 그것으로부터 한 발 떨어져서 함께 고개를 끄덕여줌으로써 있는 그대로의 참한 온기를 더하고 있다. 작품

「부디부디」의 '철없이 지즐대던/ 뼈 아픈/ 내 평생에/ 어리석게 피운 꽃/ 뉘 옹이로 남지 않게/ 작은 돌/ 하나에게도/ 왜 이토록 애틋한지.'를 읽으면서 시인의 감성은 아마도 이따금 감당하기 어려운 태생적인 것은 아닐까도 생각해보게 한다.

'몇 년째 내 마당엔/ 잡초들/ 와서 산다/ 평생을 벌어 모아/ 장만한 내 집인데/ 녀석들/ 세 한 푼 안 내고/ 제집 인양 지낸다.'(「동거」) 전문)는 시인의 아름다운 작품 중에서도 가장 시인의 현재를 잘 드러내고 있는 작품이다. 공유를 넘어선 '내 것이 네 것'이라는 '거저', '함께', '우리'라는 말을 무색하게 만든다. 세상을 바라보는 시인의 남다른 그 어떤 각도를 궁금하게 하는 작품이 아닐 수 없다. 이향미 시인의 현재를 이루는 동시에 시의 그 어떤 장치 없는 현실적인 배경이 되고 있다는 것을 확인하는 것이다.

시인의 시적 대상은 대체로 낮은 곳의 존재들이다. 그곳에서 마음껏 생명을 꽃피우는 존재들이다. 아무 거리낌 없이 거침없는 그 존재들의 일부가 되어 '나'만의 존재감을 마음껏 드러낸다. 어떻게 보면 대상이 그곳에 있으므로 시인은 그 대상에게 아는 척하는 것만으로도 작품은 완성된다. 때로는 작품 속에서 대상과 함께 어울리는가 하면 때로는 대상과 한참 떨어져서 마주하면서 동일성을 이루는 것도 그렇다.

특히 시인은 자아를 성찰하는 것을 잊지 않는데 그것은 시인만이 가진 강점으로 보인다. 그것은 쉬지 않고 열심히 살아온 사람들에게서만 느끼는 몸에 밴 독특한 살냄새 같은 그런 것은 아닐까 생각해본다.